LE
SABRE DE MON ONCLE

PIÈCE

Représentée pour la première fois, à Paris, sur le théâtre de la Renaissance,
le 25 octobre 1877

Sous le titre de *Saynètes* et *Monologues*, la librairie TRESSE
publiera deux fois par an un volume ne contenant que des pièces
à *un, deux, trois* personnages.

Les DIX-SEPT pièces du *premier volume* sont de MM. J. de
Biez, Chauvin, Ch. Cros, Paul Ferrier, Octave Gastineau,
G. Gœtschy, Fr. Mons, Ch. Monselet, Gustave Nadaud, G. Ohnet,
Léon Supersac.

Le *second volume* contient des pièces de MM. Théodore de
Banville, Ch. Cros, Paul Ferrier, E. Durandeau, A. Silvestre,
J. Normand, L. Supersac, J. Guillemot, G. Nadaud, J. de Mar-
thold, Chauvin, A. Jouhaud, etc., etc.

Chaque volume in-18 : 3 fr. 50

IMPRIMERIE GÉNÉRALE DE CHATILLON-SUR-SEINE, J. ROBERT.

LE SABRE

DE

MON ONCLE

PIÈCE EN UN ACTE

PAR

M. ÉMILE ABRAHAM

PARIS

TRESSE, ÉDITEUR

GALERIE DU THÉATRE-FRANÇAIS

PALAIS-ROYAL

1877

PERSONNAGES

BADOUILLARD.	MM.	Caliste.
BLANCASTEL		William.
OLÉAGINEUX		Desclos.
THÉODULE		Deberg.
UN COMMIS.		Alphonse.
IDA	Mme	Panseron.

La scène se passe chez Badouillard.

DÉCOR

Petit salon très-simple de deux plans; au fond, grande fenêtre. Côté cour une porte en pan coupé, deuxième plan.

Côté jardin, porte pan coupé, deuxième plan, petite porte au premier plan.

MEUBLES

Au fond, établi de tailleur, placé devant la fenêtre.

A droite, face au public un bureau, deux chaises l'une derrière e bureau, l'autre sur le côté.

A gauche, petit guéridon et une chaise.

Le théâtre représente une chambre simplement meublée. — A gauche, porte à deux battants; à droite, porte simple. — Au fond, devant la fenêtre, un établi de tailleur. — A droite au premier plan, un bureau.

LE
SABRE DE MON ONCLE

Un sabre est accroché au mur. — Vêtements pendus à des patères; d'autres posés sur des chaises.

SCÈNE PREMIÈRE

BADOUILLARD, THÉODULE, IDA.

Badouillard est assis devant le bureau, la plume à la main. Théodule est sur l'établi, en train de coudre. Ida respire une rose, tout en rêvant et en lisant.

THÉODULE, assis en tailleur au fond sur l'établi. — A part, tirant l'aiguille avec colère.

C'est encore un freluquet à l'air vaporeux qui lui aura donné cette rose !

BADOUILLARD, écrivant une facture *.

« Avoir retourné un gilet olive aux revers rouges et mis trois boutons neufs, trois livres, ci... 3 francs. »

* Ida, Théodule, Badouillard.

1

THÉODULE, à part.

Et son oncle ne se doute de rien!... et je n'ose pas l'avertir... de peur de lui faire de la peine à cette petite ingrate... je n'ose pas, quoi!

BADOUILLARD, à part.

« Avoir redoublé une redingote et avoir dégraissé le col, » cinq livres huit sous... ci... 5 fr. 40... » C'est un bon prix, mais comme il marchandera et voudra rabattre un franc... ci... 6 francs 40... » Là! mes factures sont faites. (Haut.) Théodule, mon garçon, il faut reporter ce matin la queue de morue au père Blancastal.

THÉODULE.

Oui, patron.

BADOUILLARD, à Ida, se levant et allant à droite.

Quant à toi, mon enfant... Eh bien, fillette à quoi rêves-tu?

IDA, se lève.

Moi... je ne rêve pas, mon oncle?...

BADOUILLARD.

Qui vous a offert cette fleur, mademoiselle?

IDA.

Cette fleur... cette fleur... c'est la fruitière qui me l'a donnée... ce matin quand j'ai été aux provisions.

> Badouillard retourne à droite, prend une toilette de tailleur, un habit accroché et l'enveloppe.

THÉODULE, à part, debout sur l'établi accrochant des effets.

Elle a des moustaches cette fruitière-là!... Et ce vieux de la vieille qui ne voit pas la manigance.

BADOUILLARD, tout en faisant son paquet.

Un nouveau coupeur doit se présenter aujourd'hui... les commandes marchent pour le renouvellement de la saison. . s'il vient en mon absence qu'il m'attende. Toi, Théodule, n'oublie pas le père Blancastel... c'est un client nouveau... un riche herboriste retiré, il faut le contenter au moins la première fois, afin qu'il revienne.

THÉODULE.

Soyez tranquille, patron.

Il plie un habit et le met dans une toilette sur l'établi, puis il sort par la droite pour aller chercher sa casquette.

BADOUILLARD, allant à Ida.

Toi, fillette, veille bien à la maison... et s'il vient quelque petit crevé, quelque gommeux, comme on dit à présent, dis-lui de repasser... que ce n'est pas toi qui prends mesure .. s'il insiste, arme-toi de vertu en attendant mon retour... Je te laisse sous la garde de mon vieux compagnon... (Il désigne le sabre accroché au mur.) Coupe toujours!... C'est ainsi qu'on l'appelait au régiment... il protége ta jeunesse et ton innocence... Quand ta pauvre mère mourut en te recommandant à moi... j'acceptai un dépôt sacré... je ne connais que ma consigne, et si quelque singe s'avisait de te rien dire, c'est-à-dire de te dire quelque chose, Coupe toujours reprendrait du service!...

Badouillard vient chercher son paquet sur le bureau à droite.

THÉODULE, à part, rentrant de droite.

S'il pouvait seulement pourfendre l'homme aux petits billets... la fruitière!

BADOUILLARD, revenant à Ida. *

Au revoir, fillette, je ne tarderai pas à rentrer... Occupe-toi... l'oisiveté est la mère de tous les vices... lis et relis les bons ouvrages; tu as ici l'histoire des croisades, les contes drôlatiques... le Botin. (A Théodule.) Viens-tu, Théo?...

THÉODULE.

Oui, patron... (A part.) L'autre va sans doute venir... Ah! j'enrage!...

Ils sortent par la gauche.

* Ida, Badouillard, Théodule, finissant son paquet.

SCÈNE II

IDA, seule. A peine Badouillard et Théodule sont ils partis qu'Ida sort un
papier de son corsage.

Des vers.
Lisant.

> « Le matin, lorsque je m'éveille,
> » Lorsque j'entends chanter l'oiseau,
> » Et que sa chanson sans pareille
> » Se mêle aux cris du porteur d'eau,
> » C'est à toi que je songe!
> » Et le soir, lorsque minuit plonge
> » Dans les noirceurs Paris si grand,
> » C'est encor... ce n'est pas mensonge,
> » A toi que je songe en dormant,
> » C'est à toi que je songe! »

(Parlé.) Et c'est moi qui l'inspire! cher poëte!

Elle s'assied devant le bureau à droite, et s'appuyant la main sur le front,
elle relit avec extase.

> « Le matin, lorsque je m'éveille,
> » Lorsque j'entends chanter l'oiseau,
> » Et que sa chanson sans pareille
> » Se mêle aux cris des porteurs d'eau! »

(S'interrompant.) Comme c'est écrit!... C'est égal, j'ai tort...
mon oncle a confiance en moi et j'en abuse... Encourager
ainsi la passion de ce jeune homme sans savoir si ses intentions sont honnêtes... (Se levant.) Mais, est-ce ma faute après
tout, si je lui cause une si vive impression, s'il a jugé en
me voyant que je n'étais pas née pour le milieu bourgeois
dans lequel m'ont placée les hasards de la vie?... Puis-je
rester insensible à son choix?... Car enfin, quelle femme ne
serait fière d'être l'objet d'hommages exprimés en si bons
vers!... Hélas! pourquoi l'ai-je rencontré, pourquoi l'ai-je
remarqué?... Je serais peut-être plus heureuse si j'étais une
femme comme les autres... j'épouserais ce bon garçon de
Théodule qui m'aime aussi, lui, et qui n'ose me le dire...

SCÈNE III

OLÉAGINEUX, de gauche, passe la tête à la porte, afin de s'assurer si Ida est seule, IDA.

OLÉAGINEUX.

C'est moi, transparente Angélique !

IDA.

Angélique ? Vous avez dit : Angélique !...

OLÉAGINEUX, à part.

Maladroit ! (Haut.) Ida,... n'êtes-vous pas une angélique créature ?...

IDA, passe gauche au-dessus de Oléagineux.

Mon Dieu ! si mon oncle revenait...

OLÉAGINEUX.

Ne craignez rien, je l'ai vu s'éloigner ainsi que son petit commis.

IDA.

Il vous tuerait... Il l'a juré sur ce sabre et il vient de me rappeler son serment : il tuera le premier homme qui me fera la cour...

OLÉAGINEUX, à part.

Diable !

IDA, remonte au fond.

Oubliez-moi donc !

OLÉAGINEUX, la ramenant.

Vous oublier, vous ?

IDA.

Alors, si vos intentions sont honnêtes, que ne demandez-vous ma main à mon oncle ?

OLÉAGINEUX.

Votre main, suave Ida ?... cara mia !... certes le mariage est une extrémité que j'envisage avec courage... avec rési-

gnation, mais rien ne presse!... Deux âmes comme les nôtres
ne sauraient s'unir par les liens bourgeois avant d'avoir par-
couru toutes les notes du tendre .. (Ida passe à droite.) Oui,
nous nous marierons... mais plus tard... un soir... à mi-
nuit... dans une église de village... (A part.) Un adjoint, un
bedeau, un salon de cinquante couverts; merci!

IDA, rêveuse.

Ah! vous me dites des choses que je n'avais jamais en-
tendues!...

OLÉAGINEUX.

Elles me viennent toutes seules, quand je vous vois... vous
m'inspirez... vous êtes la dixième muse!... car je vous
place bien au-dessus d'Erato.

IDA, allant vivement à lui.

Comment monsieur, vous avez eu déjà neuf intrigues?

OLÉAGINEUX, à part.

Allons! elle est aussi niaise que ma fiancée, Angélique
Blancastel!... (Haut.) Ce matin, chère âme, sœur de la
mienne, je pensais à vous... je pense toujours à vous... et
machinalement sans m'en douter, mes doigts ont tracé sur
la papier une petite poésie..

IDA.

Une poésie?... Encore?... Ah! ce n'est pas bien, monsieur
Oléagineux, de m'émouvoir ainsi. (Oléagineux tousse.) Vous souf-
frez?

OLÉAGINEUX.

Ecoutez!
Lisant avec emphase.
Comme le lis, ange, vous êtes belle,
Et du lis blanc vous avez la candeur,
Votre innocence, ô douce tourterelle,
Est plus que lui, blanche de sa blancheur,
Ah! laissez-moi soupirer à mon aise,
Ah! laissez-moi parler de mon amour!
Ah! si tu veux que mon âme se taise,
Ah! ne sois plus belle comme le jour!

Ida passe à gauche.

IDA, émotion exagérée.

Je ne sais pas ce que j'éprouve!... Ces quatre : « Ah! »
sont d'une poésie...

OLÉAGINEUX, hypocritement.

N'est-ce pas ?...

IDA.

Ils sont admirables... Ah! vous êtes un grand poëte !...
Mais c'est mal, bien mal, monsieur Oléagineux, de me parler
en vers. Je vous en prie, ne songez plus à une pauvre fille
qui vous comprend, mais qui ne peut vous écouter.

OLÉAGINEUX.

Vous me comprenez... Oh! je suis trop heureux !... Ida,
nos âmes se comprennent.

IDA.

J'entends marcher... Si c'était mon oncle ?
                              Elle va au bureau et s'assied.

OLÉAGINEUX, à lui-même.

Diable !... et le sabre de mon oncle !... Où me cacher ?...

SCÈNE IV

LES MÊMES, THÉODULE.

THÉODULE, à part, entrant de gauche.

J'en étais sûr !

OLÉAGINEUX, à part, passe au bureau.

J'aime mieux que ce soit cet imbécile-là... (Haut.) Mademoiselle, je sais que toute la fashion se fournit ici... je reviendrai une autre fois, quand votre oncle, M. Badouillard,
sera chez lui pour me prendre mesure...

THÉODULE, prenant un mètre, contenant sa rage, et voulant lui prendre
mesure.

Mais je puis prendre mesure à monsieur, moi!

OLÉAGINEUX.

Merci, mon petit, je tiens aux soins du maître... (Saluant.)
Mademoiselle !... (En sortant.) Quel dommage, elle me compre-
nait !... (Il marche sur les pieds de Théodule.) Faites donc attention,
garçon tailleur. (A Ida.) Je reviendrai.
                              Il sort.

SCÈNE V

THÉODULE, IDA.

THÉODULE, à lui-même, vexé.

Garçon tailleur!... (Haut.) Drôle de client!...

IDA, embarrassée.

En effet... et je ne sais pas pourquoi il a refusé vos offres...

THÉODULE, doucement et avec amertume.

Il a préféré les soins du maître... mais il reviendra... ce n'est pas un client perdu.

IDA, à part.

Pauvre garçon!... Pourquoi n'est-il pas comme M. Oléagineux, doué des grâces de l'esprit?...

Elle entre à droite.

SCÈNE VI

THÉODULE.

Et ne pouvoir rien!... ne pas même oser lui avouer que j'ai compris le petit manége de ce vilain gommeux!... « Ce gommeux se moque de vous, lui dirais-je, il veut vous perdre, voilà tout... Avec ses belles paroles, il vous tourne la tête, (S'adressant porte droite.) mais vous ne pouvez l'aimer... Si vous aviez encore votre maman et qu'elle vous empêchât de lire un tas de choses qui troublent le cerveau, vous seriez plus raisonnable et c'est à moi que vous penseriez... oui, à moi... à moi qui vous aime pour tout de bon »... Mon Dieu! mon Dieu!... comment faire pour me faire... adorer!... Si je lui écrivais des *verses*. Au fait, pourquoi pas?... J'ai là mon second prix de gymnastique. (Prenant un livre dans sa poche.) Les *Plates-bandes poétiques*... (Il ouvre.) Table des matières.

«A un père, pour son mariage d'argent... dito pour son mariage d'or... A une femme qui vient de mettre au monde deux jumeaux du même sexe... dito quand les jumeaux sont de sexe différent»... ce n'est pas ça... «A une jeune fille qu'on aime et qu'on voudrait épouser,» c'est cela!... voilà mon affaire... En copiant de ma belle écriture un endroit qui serait comme ma propre pensée... elle ne s'apercevra pas de la chose... Ce livre en sait peut-être plus long que M. Oléagineux... car enfin, on ne l'imprime pas M. Oléagineux!... (Il s'assied, bureau gauche, face public.) «A une jeune fille qu'on aime et qu'on voudrait épouser... page 47»... (Cherchant) page 47...

Lisant.

I

J'étais libre et tranquille... hélas! votre sourire,
Votre esprit et votre beauté
Ont envahi mon cœur qui maintenant soupire,
Et je n'ai plus ma liberté.
En regrets éternels doit s'exhaler ma flamme...
Ne riez pas de mon tourment,
Car votre souvenir brillera dans mon âme,
Comme la lune au firmament!

Là... il était temps... voici mademoiselle Ida.

Se levant et mettant le livre sur la table et les vers dans sa poche — Descend vers gauche.

SCÈNE VII

THÉODULE, IDA.

IDA, de droite.

Mon oncle n'est pas rentré?

THÉODULE, troublé.

Non, mademoiselle, M. Badouillard n'est pas rentré.

IDA.

Quel air singulier!... Qu'avez-vous donc?

THÉODULE.

Rien... rien... Si ce n'est que je ne suis pas aussi bête que j'en ai l'air.

1.

IDA, à part.

Il sait tout.

THÉODULE.

Il y en a qui se donnent un air dégourdi et qui voudraient faire accroire qu'ils ont avalé toute la science.

IDA.

Je ne comprends pas.

THÉODULE.

Mais il y en a aussi qui ne font pas tant d'histoires et qui savent lire, écrire et compter... et même faire des vers. (Etonnement d'Ida.) Faire des vers de poésie encore... avec des rimes... des rimes qui vont deux à deux comme les bœufs.

IDA, à part.

Mon Dieu !... pourvu qu'il ne dise rien à mon oncle !... Ce pauvre M. Oléagineux serait perdu... (Haut.) Mais je vous assure que je ne sais pas où vous voulez en venir...

THÉODULE.

A vous remettre...

Il lui tend d'abord la main gauche qui est vide. — Il cherche vivement le papier et s'aperçoit qu'il est dans sa main droite.

IDA.

A me remettre?

THÉODULE.

Ce chiffon de papier.

Il tend le papier, Ida le prend. Théodule tremblant et Ida, de plus en plus étonnés, tiennent le papier chacun d'un côté. — Moment de silence.

IDA.

De qui cette lettre?

THÉODULE.

Elle n'est pas de M. Oléa... (Honteux de sa hardiesse.) Non, je ne le nommerai pas... je ne sais rien... je ne sais rien.

IDA.

Alors...

Elle va pour ouvrir le papier.

THÉODULE.

Oh! pas devant moi... pas devant moi!...

Il se sauve par pan coupé, gauche.

SCÈNE VIII

IDA.

Quel drôle de garçon!... Pourvu qu'il ne me trahisse pas!
Du reste, c'est bien fini... tolérer que ce monsieur me suive,
vienne ici en l'absence de mon oncle, ce n'est pas d'une
jeune fille honnête et je suis bien décidée... mais voyons
ceci... (Elle ouvre le papier.) Des vers... des vers... signés: Théodule. Comment, Théodule aussi?... (Elle lit mentalement.) Mais
c'est très-joli... « La lune au firmament... » Qui aurait jamais cru, en voyant cet air tranquille?... C'est très-hardi ce
qu'il fait là, mais ai-je le droit de le lui reprocher?... Voilà
la punition de ma légèreté... Comment, M. Théodule écrit
de si belles pensées?...

> Elle va pour relire et s'assied gauche. — Oléagineux rentre de gauche,
> hésitant; il va à droite, se retourne et aperçoit Ida.

SCÈNE IX

OLÉAGINEUX, IDA.

OLÉAGINEUX, se montrant.

Lumineuse Ida...

IDA, se levant.

Encore vous, monsieur?... quelle imprudence!...

OLÉAGINEUX.

J'ai vu sortir votre commis et je suis venu...

IDA, l'interrompant.

Je ne puis plus écouter... vos assiduités me perdront...

OLÉAGINEUX.

Mais, si vous avez produit sur moi une impression inal-
térable, est-ce ma faute? Si votre image me poursuit, est-ce
ma faute? si la douce inspiration... Tenez, tout à l'heure,

blotti dans une encoignure en attendant que vous fussiez seule...

Il sort un papier.

IDA.

Non... non... n'abusez plus de votre prestige.

OLÉAGINEUX.

Et vous, cessez de trembler comme la feuille agitée par le zéphir.

IDA.

On marche... c'est mon oncle!

Elle se sauve par la gauche, premier plan.

SCÈNE X

OLÉAGINEUX, puis BADOUILLARD.

OLÉAGINEUX, à part.

Je suis flambé!...

Tremblant et embarrassé, il va d'un côté et d'autre et finit par s'asseoir
au bureau; il examine un paquet d'échantillons.

BADOUILLARD, sans regarder.

J'ai rencontré un vieux camarade de régiment et... (Voyant Oléagineux.) Monsieur demande...

OLÉAGINEUX, tremblant.

C'est... c'est à monsieur Badouillard que j'ai l'honneur...

BADOUILLARD.

A lui-même.

OLÉAGINEUX.

Voilà ce que c'est... je... venais. (A part.) Le satané sabre!

BADOUILLARD, à part, passant à son bureau.

Ah! bon! c'est le commis que l'agence... (Haut.) Il y a deux jours que je vous attends...

OLÉAGINEUX, étonné.

Deux jours que...

BADOUILLARD, prend sur le bureau la liasse d'échantillon.

Nous voici dans la bonne saison.

OLÉAGINEUX.

Oui... j'aime assez l'automne... mais le printemps... ah!
le printemps!... les oiseaux et les amoureux font entendre
leur doux ramage.

BADOUILLARD.

Au printemps, j'en conviens, les coutils et les orléans donnent... mais ça ne monte pas autant que les cheviottes et
les croisés anglais.

OLÉAGINEUX, à part.

Le bonhomme n'est pas sain d'esprit... si je filais. (Saluant.) Monsieur!...

BADOUILLARD, allant à lui et le retenant.

Non pas, je vous retiens... Otez votre jaquette...

OLÉAGINEUX.

Comment! que j'ôte...

BADOUILLARD.

C'est l'usage...

OLÉAGINEUX.

Il faut que je me déshabille?

BADOUILLARD.

Certainement. Voyons, ôtez-moi ça.

Il le secoue par la redingote.

OLÉAGINEUX.

C'est bien, je vais ôter tout ce que vous voudrez.

BADOUILLARD.

Vous allez tout de suite mettre un fond de percaline au
pantalon de l'huissier. Ah! il faut tout faire ici... et moi-
même je raccommode... moi qui suis le patron!... et je ne crois
pas descendre... Allons, mon garçon, ôtez votre jaquette et
à l'établi!...

OLÉAGINEUX à part.

Si je refuse, il me demandera des explications. (Il ôte sa

redingote.) Ah! si le père Blancastel me voyait... et ma fiancée donc!

Il se met sur l'établi comme font les tailleurs.

BADOUILLARD, écrit à son bureau.

De quelle maison sortez-vous, mon garçon?...

OLÉAGINEUX, à part.

Mon garçon!... mon garçon!... (Haut.) De quelle maison je sors?... Mais je sors de chez moi...

BADOUILLARD.

Ah! vous étiez établi à votre compte? ça n'a pas marché... et où avez-vous appris la coupe?...

OLÉAGINEUX.

Aux bains froids, à la Grenouillère!...

BADOUILLARD, frappant sur le bureau.

Je ne vous parle pas de cette coupe-là.

OLÉAGINEUX.

Ah! oui .. où j'ai appris... ah! sans ce maudit sabre!

SCÈNE XI

LES MÊMES, IDA, venant de gauche premier plan.

IDA.

Ah! te voilà revenu, mon oncle...

Vient au bureau.

OLÉAGINEUX, à part.

Ida!... Quelle désillusion pour elle!

Frappe de la main sur l'établi.

IDA, voyant Oléagineux.

Bah!

BADOUILLARD.

Pourquoi cette bruyante surprise?

IDA.

Hein! je te croyais seul!...

BADOUILLARD.

Monsieur est le nouvel employé dont je te parlais tantôt...
(Présentant Ida.) Ma nièce... (A Ida.) Laisse-nous seuls quelques
minutes, mon enfant.

Elle a l'air de demander une explication, Badouillard insiste.

IDA.

Je rentre dans ma chambre. (Tout en se dirigeant vers la gauche,
à part.) Que veut dire cela? est-ce une ruse pour se rapprocher
de moi? C'est beau, c'est chevaleresque, mais je ne dois pas
le souffrir et je ne le souffrirai pas.

Elle sort à gauche premier plan. — Badouillard d'un air grave la reconduit.

OLÉAGINEUX, à part.

Il a l'air solennel... Que va-t-il se passer?

Il coupe à tort et à travers dans le pantalon.

SCÈNE XII

BADOUILLARD, OLÉAGINEUX.

BADOUILLARD, se retournant vers Oléagineux.

Mais que diable faites-vous, jeune homme?

OLÉAGINEUX, il déchire fiévreusement le fond du pantalon.

J'enlève tout ce qui est usé.

BADOUILLARD.

Mais, vous faites de la charpie!...

OLÉAGINEUX.

Je mettrai des morceaux.

BADOUILLARD, après un temps, désignant la gauche.

Vous avez vu cette jeune fille?

OLÉAGINEUX.

Elle paraît charmante... c'est mademoiselle votre fille?...

BADOUILLARD.

Où avez-vous la tête donc?... je viens de vous la présenter en vous disant : « ma nièce. »

OLÉAGINEUX.

Pardonnez-moi, mais mon travail m'absorbe.

BADOUILLARD.

Qu'il vous absorbe toujours... car si jamais vous osiez jeter les yeux sur cette enfant... que dis-je les yeux, un œil, un œil seulement... c'en serait fait de vous!... Voyez ce sabre... mon fidèle Coupe toujours... (Regardant du côté par lequel Ida vient de sortir.) C'est un dépot sacré et je ne connais que ma consigne.

OLÉAGINEUX.

Ces sentiments vous honorent et je vous aiderai moi-même à veiller sur ce dépôt sacré.

BADOUILLARD.

J'y compte, et maintenant que vous voici averti... un bon averti en vaut deux, dit un adage... je vais délivrer la prisonnière.

Il sort par la gauche, premier plan.

SCÈNE XIII

OLÉAGINEUX, se levant de l'établi.

Ouf!... en voilà une aventure!... Un scandale pourrait compromettre mon avenir... Angélique est une petite grue, mais elle aura cent mille francs de dot et des espérances... Blancastel, mon futur beau-père a un asthme... tout est pour le mieux... d'ailleurs je rattraperai bien un jour le cœur de la nièce du tailleur... Un huitain bien senti... Ah! pendant que j'y pense, mettons là celui qu'elle n'a pas pris tout à l'heure... il fera bien dans la collection... (Il roule le papier et le glisse dans un petit porte-bouquet qui se trouve sur le guéridon.) Maintenant, filons... (Il prend sa redingote et va la passer tout en se dirigeant du côté gauche, mais il fait un soubresaut et se jette en arrière.) Le beau-père!

Il se cache derrière les vêtements suspendus à une patère à droite, entre l'établi et la porte conduisant au magasin de gauche.

SCÈNE XIV

OLÉAGINEUX caché, BLANCASTEL, puis BADOUILLARD.

Blancastel entre et salue majestueusement, crache et se mouche. Il salue de nouveau et s'aperçoit qu'il est seul.

BLANCASTEL.

Voici une maison bien gardée!... (Appelant.) Il y a-t-il quelqu'un à la boutique?...

Il frappe sur le bureau droite.

BADOUILLARD, entrant.

Voilà... (Saluant.) Monsieur Blancastel!... (Il salue de nouveau.) Voilà une maison bien gardée !

BLANCASTEL.

Vous me prenez mes mots, monsieur.

BADOUILLARD.

Comment?

BLANCASTEL.

J'ai fait la même observation que vous en entrant dans cette chambre... seulement moi, j'ai dit : « Voici » et vous, vous avez dit : « Voilà. » C'est une variante... Nous avions donc raison tous les deux.

BADOUILLARD.

Seulement, moi j'ai dit : « Voilà » et vous, vous avez dit « Voici ; » c'est une variante.

BLANCASTEL.

Vous continuez à me prendre mes mots.

Il éternue, crache et se mouche.

BADOUILLARD, à lui-même, passe numéro 1.

Où diable peut être tout mon personnel?

BLANCASTEL, assis au bureau droite.

Or çà, monsieur, l'habit que vous m'avez envoyé me va

assez bien... seulement la manche droite est un peu courte.

Il se lève.

BADOUILLARD.

Et la manche gauche?

BLANCASTEL.

Un peu longue.

BADOUILLARD.

Il y a compensation.

BLANCASTEL.

Or çà, monsieur, j'ai besoin d'un pantalon... d'un beau vert et je désire l'avoir après-demain... Je suis vice-président honoraire du banquet de la société des herboristes de l'ancienne banlieue et je tiens à me montrer décemment vêtu.

BADOUILLARD.

Jeudi... vous l'aurez... on va vous prendre mesure... (Appelant.) Monsieur!... Au fait, je ne sais pas son nom... où diable peut bien être tout mon personnel? (Appelant.) Ida!... Ida!...

BLANCASTEL.

Si j'ai accepté d'être vice-président, ce n'est pas que je tienne aux honneurs, mais cela donne du relief à la famille, et comme j'ai une fille à marier...

SCÈNE XV

LES MÊMES, IDA.

IDA.

Tu m'appelles?

BLANCASTEL.

Mademoiselle fait partie du personnel?..

BADOUILLARD.

Ma nièce... un dépôt sacré et je ne connais que ma consigne... (A Ida.) As-tu envoyé le nouveau commis en course?

IDA.

M. Oléagineux?... Non!...

Les habits derrière lesquels Oléagineux est caché, remuent.

BLANCASTEL, étonné.

M. Oléagineux?...

BADOUILLARD.

Tu connais son nom?

IDA, à part.

Aïe !

BADOUILLARD.

Ah! c'est juste, il s'est présenté quand j'étais sorti.

BLANCASTEL.

Il y a donc plusieurs Oléagineux en ce bas monde?

BADOUILLARD.

Je l'ignore.

BLANCASTEL.

Ma fille doit en épouser un...

Les habits remuent davantage.

IDA, étonnée.

Ha !

BLANCASTEL.

Mais dans deux ans, quand elle sera plus développée... car
pour le moment, Angélique est un peu maigre!...

IDA, à part.

Angélique?... C'est le nom qu'il m'a donné!...

BLANCASTEL.

J'espère qu'il la rendra heureuse... C'est un charmant
garçon, une vraie fille... je ne lui connais qu'un défaut... il
fait des vers... il est poëte...

IDA, s'évanouissant, tombant sur la chaise, près du guéridon.

Plus de doute!... Ah! ah!...

BLANCASTEL.

Ça flatte Angélique... mais Ida se trouve mal.

BADOUILLARD, numéro 1 *.

Qu'as-tu, ma fille?

Il lui frappe dans la main, les habits remuent toujours.

BLANCASTEL.

Attendez... comme herboriste, ça me connaît.

Il allait pour aider à secourir Ida, mais sa quinte lui reprend, il éternue, crache et se mouche. Ida reprend connaissance. — Il revient en toussant au bureau et s'assied.

BADOUILLARD, *voyant remuer les habits.*

Mais que vois-je!

Il quitte Ida qui se remet.

IDA.

C'est passé!... (A part.) Le perfide!

BADOUILLARD, *à Oléagineux, l'amenant en scène.*

Que diable faites-vous là?... voici deux heures que je vous appelle.

OLÉAGINEUX.

Je... je cherchais mon centimètre...

BADOUILLARD **.

Vous l'avez à votre cou.

OLÉAGINEUX.

C'est juste... mon travail m'absorbe tellement...

BADOUILLARD.

Prenez mesure à monsieur d'un pantalon noir... il le lui faut jeudi pour vice-présider le banquet des herboristes.

BLANCASTEL.

Des herboristes de l'ancienne banlieue.

OLÉAGINEUX, *à part.*

Ah! que je voudrais être aux bains de mer!

Tournant la tête et faisant tous ses efforts pour ne pas être reconnu de Blancastel, il s'avance, son centimètre à la main, et il prend mesure des bras.

* Badouillard, Ida, Blancastel.
** Ida, Badouillard, Oléagineux, Blancastel.

BADOUILLARD.

C'est comme ça que vous prenez mesure d'un pantalon?...

OLÉAGINEUX.

Cela revient au même... avec un calcul de proportion...

> Il prend la mesure des épaules.

IDA, voyant le papier dans le porte-bouquet.

Il a osé m'écrire encore...

BADOUILLARD.

Tenez, vous n'êtes bon à rien. Donnez-moi ce centimètre et allez dans le magasin choisir un drap... quelque chose de souple, un beau vert.

BLANCASTEL.

C'est pour vice-présider... vous savez.

OLÉAGINEUX, à part.

Ma foi, j'en profite pour décamper.

> Il sort par le pan coupé gauche, emportant un pantalon.

SCÈNE XVI

LES MÊMES, moins OLÉAGINEUX.

> Badouillard prend mesure à Blancastel et ils causent pendant ce qui suit.

BADOUILLARD, à Blancastel.

Levez-vous. (A Ida.) Mon enfant.

> Badouillard fait lever Blancastel pour lui prendre mesure. — Ida prend un crayon et écrit sur un registre les mesures que son oncle lui dicte.

IDA, ouvrant le billet trouvé dans le porte-bouquet.

J'étais libre et tranquille... hélas! votre sourire...

BADOUILLARD.

Trente-sept...

IDA, répétant.

Trente-sept!

> Lisant.

Votre esprit et votre beauté...

BADOUILLARD.

Soixante-neuf...

IDA, répétant.

Soixante-neuf... (Stupéfiée.) Oh!

BADOUILLARD.

Si vous voulez venir voir nos étoffes?...

BLANCASTEL.

Volontiers... (Saluant Ida.) Mademoiselle... (A Badouillard.) Un beau vert perroquet... c'est pour vice‑présider.

Il sort par la droite, magasin, suivi de Badouillard et pris d'une quinte.

SCÈNE XVII

IDA, puis THÉODULE.

IDA, elle sort de son corsage un papier qu'elle développe et qu'elle confronte avec celui du porte-bouquet.

Absolument la même chose... Il n'y a que la signature de changée... Oh! que je suis confuse!...

Passe à droite.

THÉODULE, entrant avec crainte, de gauche, par pan coupé.

Comment va-t-elle me recevoir?

IDA.

Monsieur Théodule, expliquez-vous .. vite expliquez-vous...

THÉODULE, ahuri.

Que je m'explique... mais je ne m'explique pas...

IDA, lui montrant un papier.

Voici qui vient de vous... (Théodule lit le premier vers. Ida lui ôte le papier des yeux et lui en montre un autre.) Voilà qui ne vient pas de vous... lisez pourtant...

THÉODULE, après avoir lu le premier vers.

Il a donc eu aussi le second prix de gymnastique?

IDA.

Vous êtes-vous moqué de moi, Théodule?

THÉODULE.

Oh! non, mais je souffrais, mademoiselle, de vous voir
ensorcelée par un grand rien qui vaille... J'ai toujours
entendu dire qu'une jeunesse qui reste seule et qui passe le
temps à lire des calembredaines inventées par ces fainéants
d'auteurs, eh bien! la tête finissait par lui tourner.

IDA.

Le moyen de ne pas rester seule, n'est-ce pas de prendre
un mari?

THÉODULE.

C'est selon... un mari, oui... mais un mari... gentil...

IDA, souriant.

Comme vous?

THÉODULE, naivement.

Comme moi.

IDA, lui tendant la main, ils appuient tous deux à gauche.

Nous en causerons avec mon oncle.

THÉODULE.

Il se pourrait... Ah! voilà qui est bien!

SCÈNE XVIII

Les Mêmes, OLÉAGINEUX, de gauche, il a passé ses bras dans les
jambes du pantalon, croyant avoir mis une jaquette.

OLÉAGINEUX, à lui-même.

Je ne puis pourtant pas sortir en manches de chemise...
Ah! la lumineuse Ida... (Haut.) Mademoiselle, tout ce qui se
passe doit vous sembler étrange.

IDA.

En effet, très-étrange!... (Remettant à Théodule un paquet de petits
papiers attachés par une faveur.) Mon ami, voulez-vous remettre à
monsieur ce recueil de poésies qu'il a bien voulu me prêter...
ces poésies sont de toute beauté, mais je n'aurai pas l'indis-

crétion de les garder... elles pourront servir pour mademoiselle Angélique.

Elle passe numéro 3.

OLÉAGINEUX, à part.

Diable! (Haut.) Mais je ne sais ce que vous voulez dire...
vous seule m'avez inspiré ces quelques broutilles.

THÉODULE, triomphant.

Ah! monsieur préfère que nous les lui fassions rendre par
M. Badouillard.

OLÉAGINEUX, vivement.

Non, non, c'est inutile. (A part.) Oh! le sabre!...

IDA, à Théodule.

Mon ami, n'est-ce pas à vous ce volume? (Appuyant.) *Les
Plates-bandes poétiques!*

OLÉAGINEUX, à part.

Le truc est découvert!... Allons!
Il met son chapeau sur la tête et s'apprête à remettre sa redingote quand
Badouillard et Blancastel entrent de gauche.

BADOUILLARD, à Théodule.

Ah! vous voici, Théo... Où diable étiez-vous?

THÉODULE.

J'ai rencontré le nouveau commis et comme nous sommes
du même pays, nous avons un tant soit peu parlé de là-bas...
il va venir.

BADOUILLARD.

Le nouveau commis... alors... (Désignant Oléagineux qui s'avançait à
petits pas vers la porte de gauche pour s'éclipser, son chapeau sur la tête et sa
redingote sous le bras.) Alors, monsieur...
Il le ramène en scène, pendant ce temps Théodule rejoint Ida à droite.

BLANCASTEL, stupéfait.

Oléagineux!... mon futur gendre!

BADOUILLARD *.

Qu'est-ce que cela veut dire?

* Badouillard, Oléagineux, Blancastel, Théodule, Ida.

OLÉAGINEUX, embarrassé.

Au premier abord, cela semble étrange, mais en réfléchissant un peu... je tenais absolument à entrer dans votre respectable maison, parce que. . au premier abord, cela semble étrange, mais...

BADOUILLARD.

Vous l'avez déjà dit.

BLANCASTEL.

Mon futur gendre, est-ce que par hasard, vous seriez un farceur?... Ah! c'est que mon Angélique ne convolera jamais avec un coureur d'aventures...

BADOUILLARD.

Ah! misérable! tu osais, sous prétexte de massacrer mes étoffes, te glisser chez moi dans le but infernal d'en conter à ma nièce... J'ai accepté un dépôt sacré, je ne connais que ma consigne... A moi, mon fidèle Coupe toujours!...

Il passe à droite, et va pour décrocher son sabre; effroi général.

IDA.

Mon oncle!

Ida et Théodule font tous leurs efforts pour l'empêcher de décrocher le sabre.

BLANCASTEL, à Oléagineux.

Monsieur, c'est une infamie...

BADOUILLARD, à Théodule et à Ida.

Laissez-moi... Eh bien! non, je ne souillerai pas cette arme, mais je tiens à lui donner une leçon.

BLANCASTEL.

Non, non, il m'appartient.

Oléagineux se débat et échappe à Blancastel.

LE NOUVEAU COMMIS, entrant par la gauche.

Je suis le coupeur que M. Badouillard a demandé...

BADOUILLARD.

Ah! tu t'introduis dans mes lares pour y semer le déshonneur!...

Il tombe, ainsi que Blancastel, à coups de poings sur le nouveau commis.

— Théodule et Ida, voyant l'erreur, tirent, l'un Badouillard, l'autre Blancastel par leur habit, mais ces derniers redoublent de fureur et le nouveau venu jette des cris.

Théodule et Ida s'écartent et se cajolent. — Oléagineux, debout sur l'établi, rit aux éclats.

FIN

Imprimerie générale de Châtillon-sur-Seine, Jeanne Robert.

9 782329 655291